황금장미

운문일기 2

김선향

이화여고 졸업. 이화여대 영문학과 졸업.
미국 Fairleigh Dickinson University 대학원 영문학과 졸업.
이화여대 출강. 경희대학교 교수.
경남대학교 영문학과 교수. 대한적십자사 부총재.
현 북한대학원 대학교 이사장.
저서 『깨진달』(1980), 『17세기 형이상학파 5인 시선집』(1996),
『John Donne의 연가』(1998), 『존 던의 거룩한 시편』(2001),
『존 던의 애가』(2005), 『운문일기(시집)』(2012),
『존 던의 戀·哀·聖歌』(역, 2016)외 다수.

운문일기 2
황금장미

2021년 3월 10일 초판 1쇄 발행
2021년 5월 15일 초판 3쇄 발행

지 은 이 · 김선향
펴 낸 이 · 최단아
펴 낸 곳 · 도서출판 서정시학
인 쇄 소 · ㈜ 상지사
주   소 · 서울 서초구 서초중앙로 18, 504호(서초쌍용플래티넘)
전   화 · 02-928-7016
팩   스 · 02-922-7017
E - 메일 · lyricpoetics@gmail.com
출판등록 · 209-91-66271

  ISBN   979-11-88903-70-2 03810

계좌번호   국민은행 070101-04-072847 최단아(서정시학)
값 15,000원

• 이 책의 판권은 지은이와 도서출판 서정시학에 있습니다.
  양측의 서면 동의 없이 무단 전재 및 복제를 금합니다

머리말

그러나

내 등 뒤에서

난 항시 듣는 다오

시간의 날개 달린 마차가

황급히 다가오는 소리를.

앤드루 마블(1621-1678)
"수줍은 연인에게" 중에서

차례

황금장미 ･････････････････ 11

호숫가 ･････････････････ 13

기부와 투자 ･････････････････ 14

갈라의 추억 ･････････････････ 16

해변을 걸어서 ･････････････････ 23

영화계의 큰 별이 진 날 ･････････････････ 24

칼라스의 장미 ･････････････････ 26

워싱턴 D.C.에서 ･････････････････ 28

'재즈 디바' ･････････････････ 32

그리운 '아이스워터' ･････････････････ 34

마산항엔 비가 내린다. ･････････････････ 38

오 쉬즈 퍼플 ･････････････････ 40

그 날 이후 ･････････････････ 42

골목 길 ･････････････････ 44

손자 ･････････････････ 46

카카오 톡 소리 ･････････････････ 47

선택 ･････････････････ 49

종군기자, 유년의 꿈 ･････････････････ 51

바람과 함께 사라지다 ･････････････････ 54

아바나 항구	57
한인문화회관	59
헤밍웨이를 찾아서	61
광장에서 만난 혁명가들	63
코히마르 바다	65
모히토와 올드 카	67
사만다	69
바다와 나무	72
아디오스 아바나	73
멕시코시티에서	75
프리다 칼로의 파란 집	77
라나 회장	79
텔레비전에 출연한 다음 날	82
멕시코 대학 투어	85
로댕 전시관의 만찬	90
해골과 친해지기	94
아름다운 것은 영원한 기쁨	97
로데오 거리	99
사라진 기록들	100
평화와 번영의 나무	103
라온의 추억	107
빗나간 하루	110
창밑에 핀 장미	112

가출 …………………………… 114
DMZ 리얼리티 쇼 …………… 115
촉 ……………………………… 117
인내 …………………………… 118
이 또한 지나가리라 ………… 120
방 ……………………………… 123
행복 …………………………… 125
생각나는 사람들 …………… 127
멀리 가는 친구 ……………… 131
인식 …………………………… 133
옛 동료들 …………………… 135
기념식 전야 만찬 …………… 139
축사 …………………………… 142
판문점 공동경비구역 ……… 145
사진 …………………………… 148
아이들의 교실에서 ………… 149
크리스마스트리 …………… 152
하춘화 특별공연 …………… 154
인생이 아름다운 순간 ……… 157
스승의 세례식 ……………… 159
장미의 이름 ………………… 162
즐거운 하루 ………………… 164
반짇고리 …………………… 166

하우저의 "홀로, 함께" ·················· 167
아들의 꽃 ································ 169
익명의 얼굴 ······························ 170
꽃 ······································· 171
6월의 하루 ······························· 172
런던서 온 소식 ·························· 174
장마 중의 탁구 ·························· 176
잊을 수 없는 이름 ······················· 178
꽃들은 힘이 세다. ······················· 181
바람이 부네요. ·························· 183
남은 날들 ································ 184

황금장미

운문일기 2

황금장미

장미의 계절이 시작될 무렵
한 번도 만난 적 없는
소년에게서 선물이 왔다
— 영원히 지지 않는 황금장미 다발

사무실 책장 높은 곳에 두어
전등을 켜면
해처럼 금빛이 쏟아진다.

아침마다 바라보면
소년이 속삭인다
"열심히 일 하세요.
이 장미는 지지 않아요."

내가 얼마나 더 오래
일 할 수 있을까?
끝나는 그 날을 모른 채
오늘을 일하면 되겠지.
영원한 황금장미가 주는

메시지를 가슴에 새기며
눈 감고 머릿속을 지나는
석양을 본다.

2018년 5월 27일에 금박종이장미를 받고
7월 17일에 쓰다.

호숫가

일 년에 한두 번 오는
청평 호수
보트가 가르는 물살
머리칼 날리는 거센 바람
별안간 즐거워지는 여름

가슴 조이는 상념도
이루고자하는 목표도 잊고
물과 바람 속에 잠입하는
카르페 디엠

언젠가 잊혀질 생각에
다시 듣는
피아졸라의
'망각'

2018년 7월 18일

기부와 투자

올해도 4조원 가까운 주식을
자선단체에 기부한
투자의 귀재 워런 버핏

그런 버핏을 보고
적십자 아너스 클럽 출범 모토를
"더 나은 세상을 위한 투자"로
지었다.

버핏과 빌 게이츠는
개인 재산의 절반을
사회에 기부하는 서약
"더 기빙 플레지"를
결성했다 한다.

많이 벌어서
어려운 곳에 기부하여
더 나은 세상을 만들어가는
투자자가 되는 꿈을 꾸며

적십자고액기부자모임(RCHC)의
성장을 고대한다.

> 2018년 7월 24일
> RCHC 회원 100호를 채운 소식을 듣고

갈라의 추억

(1) 미션 임파서블

2015년 가을
대한적십자사에
한 테이블에 천만 원 기부하는
전례 없는
대형 미션이 주어졌다.

어려운 가정의
아픈 아이들을
치료하기 위한 모금행사

조재혁 피아노 연주
다문화 가족의 춤과 노래
팝페라 가수 문지훈이 출연하는
가을밤의 적십자 갈라
라움 콘서트홀의 45개 테이블을
채워야 했다.

다섯, 여섯 테이블을 예약해준
후의를 종잣돈 삼아
지인들을 찾아
남은 테이블에
기부를 요청하며
동분서주한 나날들

남편의 도움 없이는
불가능한 테이블 세일
몇 달이 지나
마지막 테이블이 팔리면서
불가능한 미션이
마침내 완수되었다.
모금 목표액을
훨씬 넘어서는 성과와 함께

M 국장과 특수요원이
임무를 수행하는
007 영화처럼
나와 동료직원이
특수요원이 되어
스스로에게
불가능이 없다는

최면을 걸어
분담된 역할을 실행한
극적인 결과이다.

시작은 불가능해 보였고
과정은 험난했으나
결과는 창대했다.

(2) 위기의 갈라

모금 목표액을 두 배로 올린
2016년 갈라는 또 하나의
불가능한 미션이었다.

갈라를 지켜가기 위한
모험을 감행했다.

아직 가보지 않은 길
사회복지공동모금처럼
개인고액기부자모임을
결성하기로 했다.

백년이 넘는 역사를 가진
조직으로서
도전해 볼만하다는 용기로
레드크로스 아너즈클럽을 출범시켰다.

1999년을 기점으로
누적 기부금 1억 원이
넘은 이들과 약정회원, 그리고
일시에 후원해주는 이들
모두 29분이 함께했다.

갈라를 동력삼아
새로운 미션을 완수할
디자인에 몰두하는데
예기치 못한 곳에서
복병이 나타났다.

광화문 광장에 밝힌
거대한 촛불 행렬,
갈라 행사를 연기해야 한다는
주장이
거센 북풍처럼 몰아쳐
우리를 움츠려들게 했다.

재난재해에 도움이 절실한 이들이
눈앞에 어른거렸다.
모금 목표의 절반을 넘어 선 상황,
미션수장으로서 비장하게
감행을 결단했다.
무대에 오른
안재욱 홍보대사가
갈라에 모인
따뜻한 사람들이
세상을 밝히고 복 받을거라고
분위기를 띄웠다.

임형주 팝페라의 테너
윤희정 모녀의 재즈
송소희의 창이 어우러진
가을밤의 갈라,
홀을 가득 메운 청중은
뜨거운 갈채를 보냈다.

목표를 뛰어넘은 모금과
성공적인 공연으로
완수한 미션

그 날의 기쁨은
순간을 넘어서
아직도 벅차게 차오른다.

(3) 2017년 갈라

노래중심의 정적인 무대에서
동적 변화를 시도한 갈라

빌리 엘리엇과 라라 랜드의
탭댄스가
청중을 신나는
리듬으로 이끌었다.

최정원의 춤과
임태경의 노래 사이에
끝없이 발판을 구른
댄서의 정열이
보는 이들의 마음을 흔들었다.

모금액도 목표를 뛰어넘고
갈라도 한 단계 올라섰다.

아너스 회원들의 기부로
두 배 이상의 성과를 거두었다.

세상에 너무 빨리 나온
이른둥이와 국내 체류 난민을
도울 재원이 마련되었다.

일 년을 구상하고
날마다 고심하며
갈라 미션에 바쳤던
열정이 낳은 기쁨을
나의 특수요원과
모마(모금마케팅)팀원들에게
전하는 순간이
찰칵
포토 존 기념촬영으로
길이 남게 되었다.

2018년 8월 23일 처서에
귀뚜라미 등에 업혀 뭉게구름 이끌고 오는 가을-

해변을 걸어서

해 뜨고 해 지는
해변 모래사장을 걸으며
사랑했다 놓쳐버린
사람들을 생각한다.

지난 시간 속에 있으나
어느새 가슴에서 빠져나간

한때 환희에 넘쳐
왈츠와 탱고의 선율을 탔으나
별안간 함몰해버린

텅 빈 쓸쓸한 모래밭

모두를 담은 시간의 한 순간이
서쪽하늘로 진다.

2018년 10월 11일

영화계의 큰 별이 진 날

기쁜 우리 젊은 날
으뜸별이었던
배우 신성일이 세상을 떠났다.

70년대 초,
미국에서 돌아온 우리와
한강 볼링장에서
함께 했던 날들이
기억 속에 피어난다.

힘껏 볼링 볼을 던져
스트라이크를 치던
신성일, 앙드레 김 그리고
제이의 불꽃 튀는 대결

다시 돌아오지 않을
사라진 날들이
회고에 젖는다.

지난 봄 음악회에서
은발의 신성일을
반갑게 만났었는데
다시 보자는 약속을
끝내 지키지 못하고

조간신문에서 읽은
그가 남긴 마지막 말이
귓가를 맴돈다.
"난 정말 할 만큼 다 했어."

2018년 11월 4일

칼라스의 장미
- 뉴욕에서

11년 만에 다시 찾은
추억의 명소 록펠러 센터,
새로 선 물개동상 아래서
사진을 찍고
숙소 뒤
파리스 극장에 갔다.

"장미,
하루 만에 지다니
사랑처럼"

처연하게 부르는
마리아 칼라스의
서정적인 노래
그의 일대기 영화를 본다.

칼라스와 오나시스
사랑과 배반의 상처
오나시스와 재키

동시대를 요란하게 살다 간
유명인들을 보며

칼라스가 부르는
오페라 아리아 선율이
가슴 깊은 곳에서부터 울려온다.

바람이 몰아간 세월 속에
마리아는 '여인',
칼라스는 '노래'로 살았다.
칼라스가 마리아의 장미를
애절하게 노래한다.

'장미,
하루 만에 지다니
사랑처럼'

2018년 11월 12일

워싱턴 D.C.에서

(1) 워싱턴의 학자들

뉴욕에서 워싱턴으로 가려고
라과디아 공항에서
세 시간을 허비했다.
비바람 때문에
비행기가 연착했다.

감기 오려는지
목이 아려왔다.

포틀랜드 대의 멜빈 거토브와
25년간 출판한
우리 연구소의 학술지
아시아 퍼스펙티브(AP)가
새로운 파트너를 맞는 날

존스 홉킨스대의 칼라 프리만이
스태프들과 기다리고 있었다.

이지적이고 친절한 그가
내일 중국으로 간다며
만찬에 초대했다.

중국어에 능하다는 칼라
그윽한 눈빛과 미소가
참 아름다웠다.

출판을 맡을 빌 브레크너는
유머 넘치는 친화력 좋은 사람
새로 만난 워싱턴 학자들이
마음속에 쏙 들어왔다.

2018년 11월 13일

(2) 레이디 포스트 박물관

미국인들이 즐겨 먹는
포스트 시리얼 주인의 딸
마조리 M. 포스트가 남겨놓은
힐우드 박물관을
친구 크리스가 안내했다.

방마다 가득 찬 유럽의 명품들,
스타일이 다른
프랑스식, 일본식 정원들, 그리고
러시아 교외 다차 풍경

공공의 명소가 된
레이디 포스트 맨션의
옛날을 음미할 수 있다는
장미원에 데려 온 크리스는
추위에 자취를 감춘
장미를 보지 못해
못내 아쉬워했다.

2018년 11월 14일

(3) 우드로 윌슨 센터 국제회의

워싱턴 D.C.에
첫눈 같은 눈보라 날리다
끝내는 억센 비 내리는
쌀쌀한 날
코리아 글로벌 포럼이 열렸다.

여섯 나라를 돌아
마지막을 장식하는 날
연구소와 북한대학원대와
통일부가 주관하는 포럼에서
'한반도 평화와 한·미관계'를 주제로
제이가 개회사를 했다.

북·미는 신뢰를 쌓고
인내심을 가져야한다고 강조했다.

통일부 장관은
연내 김정은 위원장 답방이
여전히 유효하다고 했다.

궂은 날씨에도
많은 이들이 참석했고
마크 내퍼 부차관보가
끝까지 머물러 주었다.

우여곡절이 많았음에도
꾹 참고 끝을 잘 맺은
소장과 교수진의 노고에
감사한 마음 가득하다.

2018년 11월 15일

'재즈 디바'

조간신문에서 친구
성연을 보았다.

깊이 파인 주름에 홀쭉한 뺨
안경 속에 감긴 두 눈
머리칼을 모자챙에 가린 채
입가에 댄 마이크

요양원에서 휠체어를 타고
재즈클럽 '야누스'
40주년 기념무대에 섰다한다.

재즈 연주자들에게
성지를 만들어 준
디바 성연에겐
6인실 요양원에서
무대에 돌아온 오늘이
화려한 외출이고
순간의 행복이었을 것이다.

평생 노래한 재즈에
살고 지고한 날들

신촌, 대학로, 청담동에서
노래했던
젊은 날의 친구를 생각한다.

청평호수를 가르며
함께 수상스키를 탔던
힘이 넘쳤던 그 날들

아무것도 후회하지 않는다고
야누스의 끝을
상상해 본적은 없다고
빚을 졌어도 생존한
야누스에 감사하다고

요양원에 성연을 만나러
한번 가야하리라
너무 늦지 않게

2018년 11월 26일

그리운 '아이스워터'

47 세인트 클레어 애비뉴
러더포드 뉴 저지

근 반세기 전
제이의 하숙집 주인
슈버츠 부부가 살았던 주소

제이는 할아버지를
'아이스 워터'라는 애칭으로 불렀다.
처음 만난 한동안
너무나 차가웠기 때문이란다.

할아버지는 할머니 엉덩이를
살짝 때리곤 했는데
그 때마다
"오 빌리 스톱!
유 스컹크"
할머니가 응수하면,
우리 모두는

한바탕 웃었다.

"아이 해브 어 라이센스
유 노우."
할아버지가 늘 하던 말
면허증이 있노라고

가끔 이웃 '톨 맨'이
창밖으로 보이면
"헬다, 유어 보이프렌드 이즈 컴잉!"
아이스워터가 외치고

홀로 된 키 큰 노인
톨 맨은
포플러나무가 움직이듯
서서히 다가와
부엌 뒷문으로
들어서곤 했다.

그는 종종 희귀우표를
수집한 책자를
들고 와 자랑하곤 했는데

제이가 우표에 손을 대면
깜짝 놀라며
책자를 덮어 버렸다.
얼마나 비싼 우표인지
알기나하냐면서

다시는 그의 우표를
보지도 않겠다는 우리 편에
헬다와 아이스워터가 가세했다.

이제는 모두
이 세상 사람들이
아닌 그들이
이 겨울 성탄절에
생각나는 건
웬 일일까?
지하실에서 TV로
인디언 영화를 즐기던
아이스워터
가끔 제이가 합석하고
할머니까지 합류하곤 했는데

잔혹한 장면이 나오면

얼른 이층으로 올라가 차려주던
고기 가루를 듬뿍 넣은
할머니의 토마토소스 스파게티가
그립다.

2018년 12월 4일

마산항엔 비가 내린다.

TV '아침마당'에 나온
하춘화가 신곡을 불렀다.

"마산항엔 비가 내린다."

우산을 쓰고
항구의 뱃고동소리 따라
유연한 몸짓으로
원을 그리는
꽃무늬 의상이 곱다.

몇 달 전 사무실에
악보를 들고 와
부산, 목포처럼
마산항을 위한 노래가
필요하다 했다.

경남대학에서 공부했던
날들을 추억하는

지역에 대한 애정에 공감하며
차에서 집에서
노래를 따라 불렀다.

미국에 갔을 때도
교포지인들에게
핸드폰을 열어
노래를 틀어주었다.

'마음을 두고 떠난' 샌프란시스코처럼
'잊지 말고 돌아오라'는 소렌토처럼

하춘화 노래가
마산을 넘어
높이 널리
전파되기를 기대한다.

                                    2018년 12월 5일

오 쉬즈 퍼플

손자가 랩을 만들어
유튜브에 올렸다.

소년의 나이인데
어느새 청년 체격에 이른 손자가
소녀에게 다가가는 마음을
"오 쉬즈 퍼플"이라 노래하고
그 애 친구가 제작을 했다.

스마트 폰과 멀리 떨어져 살던
할아버지가 아침마다
손자 노래 조회 수 확인에
재미를 붙였다.

나도 요 몇 년 간
유튜브에 매달려 산다.
매일 새로운 음악을
찾아내는 기쁨을
다른 곳에서는 찾을 수 없다.

초등생들의 장래희망이
유튜버인 세상에
나도 함께 살고 있다.

손자의 예쁜 사춘기 랩에
귀 기울이는
즐거움

아, 사랑스러워라
"오 쉬즈 퍼플."

2019년 1월 21일

그 날 이후

중학교 시절
체육시간에 입을
체육복을 잊고
등교한 날

옷을 빌려주기로 해
처음 만났던 그 애는
내 발치에 옷을 던지고
휙 돌아서 달아났다.

그 날 이후
우리는 단짝이 되어
그림자처럼 동행했다.

젊은 날의
고통과 기쁨을
함께 하며 성장했고
평생의 친구로 남았다.

이제 그 친구는
아주 먼 뉴욕 주의
인디언 이름 같은
포킵시 마을에 살고
나는 바다 건너
이곳에 산다.

그래도 사랑은
처음처럼 머물러 있다.

                                        2019년 1월 23일

골목 길

후쿠오카에 올 때마다
골목을 즐겨 걷는다.

집에 돌아가지 않고
무리지어 밤길을 서성이는
젊은이들의 틈새를 지나
어떤 인연을 생각한다.

나 보다 먼저 걸었을 이와
내 뒤를 걸을 이들을

눈길을 끄는
작은 상점을 들여다보며
내 뒤에 올 이에
더 깊은 관심을 갖는다.
어딘가에 멈춰 설 그와
어디서 마주칠 수 있을까

내가 찾은 상점에서

걸음을 멈추고
그땐 골동품이 된 상품에서
무심히 시선을 뗄까
아니면 알 수 없는
힘에 끌려
한동안 꼼작 않고 멈춰 서서
발길을 떼지 못할까

순간의 힘이 풀리면
마술이 끝나듯
그 인연도 바람에
흩어지겠지.

2019년 2월 4일

손자

할아버지의 총장 취임식에
손자 기표가
가족대표로 꽃다발을 드린다.

어느새 훌쩍 커서
할아버지 머리 위로 올라간
장성한 모습을 보는 것만으로도
가슴이 뿌듯하다.

기념촬영을 위해
나란히 선
총장과 손자를 바라보는
내 마음에
사랑이 잔 물결친다.

2019년 2월 14일

카카오 톡 소리

아침 전화를 켜면
울리는 소리
"까−톡"

이렇게 반가운 기계음을
누가 만들었을까.

기다리는 소식이,
가슴 떨리는 즐거움을
가져다주는 순간들이
"까−톡"하고 울린다.

여러 장의 사진이
연속으로 전송되는 소리
카톡, 카톡, 카톡…
그 리듬이 너무 흥겹다.

과외활동으로 소식 없는
막내 손자를 조심스럽게

카톡으로 불러본다
"시준아…"

조금 후에
"까톡" 소리에 실려
답이 왔다.
"네~."

                                          2019년 2월 27일

선택

4번의 겨울을 보내고
새삼 3월에 스키여행을 왔다.

새로 산 스키부츠 혀에 닿은
정강이에 전해지는
날카로운 고통을 참기 어렵다.

그러게 나이에 걸맞은
운동을 해야지
밤새도록 생각했다.
계속 해야 하나
이제 끝내야 하나

그런데 스키가 아니면
내가 무슨 수로
이산 저산을
짧은 시간에
오르내릴 수 있을까

제이는
혼자서 심심하게
산을 헤매야 하겠지.

다시 스키에 발을 얹고
춘설 위를 미끄러져 가자
예리한 아픔이
점점 사라져 갔다.

2019년 3월 4일

종군기자, 유년의 꿈

애틀랜타 행 비행기에서
분쟁지역의 최전선을 누비는
종군기자 마리 콜빈에 대한
다큐 전쟁영화를
연거푸 두 번 보았다.

싸움을 해야 하는 사람들과
살아남기 위해 사투를 벌이는
민간인들의 고통이 공존하는
전쟁터

희생자들의 참상을 알리는데
마리는 목숨을 걸었다.

총상을 입은 왼쪽 눈에
'모세 다이안' 검은 안대를 감고
공포의 지역을 통과하고 나면
비로소 두려움에 휩싸인다고

굶주림에 지친 아이를
품에 안은 엄마가 호소한다.
"내 말을 다 못 알려도 괜찮아요.
다만 할 수 있는 만큼만이라도…"

테러리스트 소탕을 위한
폭격 직전
시리아의 한 마을에서
마리는 CNN 방송마이크를 잡는다.

폭탄 쏟아지는 하늘아래
수많은 민간희생자들이
"왜 우리는 버림을 받는가?"
묻고 있다며
마지막 질문을 남긴다.
"Why?"

가슴속에 눈물이 고인다.
세월에 묻혀버렸지만
종군기자가 되고 싶었던
젊은 날 품었던 꿈이
아련히 되살아난다.

6 · 25 전란 피난길에서
아버지는 어린 내 손을 잡고
평양에서 부산까지
기차 지붕 위를 타고 내리며
걷고 걸어서
뒤늦게 집을 떠난
어머니와 상봉했던
기적 같은 그날이,
전쟁 중에 살아남은
날들이 경이롭다.

마리 콜빈이 치른
참혹한 전쟁 속에
내 유년의 기억이
잠들어 있다.

2019년 3월 18일

바람과 함께 사라지다

하늘에서 내려다 본 애틀랜타는
광활한 바다 같은 도시

스칼렛을 만나 볼 수 있을까.
아니면
바람과 함께 사라지고 말았을까?

마틴 루터 킹 기념관 밖으로
인권을 위해 공헌한
이들의 발자국이 새겨진 정원에
도산 안창호 선생의
자취가 반가웠다.

지미 카터 센터의
김일성과 카스트로가 만난
사진 앞에서
잠시 상념에 잠기고

동화에서부터 회고록까지

수많은 책을 쓴
대통령의 노고가
조지아주의 긍지가 되어
빛나고 있다.

안내를 맡은 영사를 조른 끝에
스칼렛과 레트 버틀러가
사진과 영상으로 살아있는
작가 마가렛 미첼의 집을 찾았다.

드디어 애틀랜타에서
스칼렛을 만났다.

타라 농장을 지키고
전쟁의 참화에서 다시 일어서는
한 여인의
강인한 생명력을 상기하며
미국 남북 전쟁사를
되돌아본다.

미국의 내전을
살아 있는 역사로
숨 쉬게 하는

소설의 힘을 생각한다.

2019년 3월 20일

아바나 항구

그토록 열망했던
쿠바에 발을 디뎠다.

세상에 얼마 남지 않은
카리브 해의 사회주의 국가
이곳에서 어떤 삶의 모습을
볼 수 있을까.

시야를 탁 터주는
푸른 바다가
가슴 차오르는
풍광이 되고

다채로운 색채의
건물들이 줄선
거리 곳곳에
악사들의 춤과 음악이
지나가는 이들을 유혹한다.

두 사람의 어니스트가
이 나라를 먹여 살리고 있다.
어니스트 헤밍웨이와
어니스트 체 게바라

아바나 항에 머무는 내내
헤밍웨이와 체 게바라
두 어니스트의
자취를 찾아다니며
그들이 남긴 유산을 생각했다.

2019년 3월 20일

한인문화회관

아바나에도 한인 후손을
위한 문화센터가 있다.

한국어, 한국 무용,
한국 요리, 태권도 등
다채로운 프로그램 가운데
땀에 흠뻑 젖어
K팝 댄스에 몰두하는
소녀들 모습이 이채롭다.

한국 배우들 사진으로
사방벽면이 덮인
작은 방 안에서
격렬한 몸짓으로
춤을 추는
쿠바의 소녀들

서툰 한국말을 하는
안토니오 회장을 빼곤

우리와 닮은 모습이 없는
그래도 피를 나눈 형제들
한인 4, 5세들

우리는 팔짱을 끼고
손가락 하트를 만들어
기념사진을 찍었다.

          2019년 3월 21일

헤밍웨이를 찾아서

암보스 문도스 511호,
헤밍웨이가 묵었던
아바나의 호텔 방

구석에 놓인
자그만 침대 하나와
오래된 타이프라이터 한 대
작품집 몇 권이 가득 채운
협소한 방

관광객들이 종을 울리면
방안에서 안내인이
문을 열어 준다.
창 너머 아바나 항구가
숨을 쉬게 하는 이곳에서
우리가 아는 명작들을
집필했다고 한다.

헤밍웨이가

자주 들렀던 카페에는
그가 즐겨 마셨다는
모히토와 다이키리를
주문하는 관광객들로 붐비고 있다.

아바나를 떠나기 전
말레콘 석양 아래 서서
나도 모히토 한 잔을
마실 수 있으려나.

2019년 3월 21일

광장에서 만난 혁명가들

사방이 트인 드넓은 광장 중앙
주체탑 같이 높이 솟은 기념탑 아래
쿠바 독립의 영웅
호세 마르티가 서 있다.

그 맞은편 건물 벽에는
체 게바라의
철제 얼굴이 걸려 있다.
아르헨티나에서 건너와
카스트로의 혁명동지가 된
그의 편지글도 함께 남겨져 있다.
"영원한 승리의 그날까지."

몇 건물 건너
27세로 산화한 젊은 혁명가
카밀로 시엔푸에고스의 얼굴이 보인다.
카스트로가 연설도중
"나 잘하고 있어?"라고 묻자
"피델, 잘하고 있어"라고 답하고

비행기 추락으로 사라졌다는.

카를로스 3세 요새에 가면
체 게바라의 집무실이 있다.
멕시코로 망명했던
카스트로와 만나
체(동지)가 되고
볼리비아 혁명에서 총살되기까지
길지 않은 혁명가의 삶이
사진으로 기록되어 있다.

30년 후에야 유골을
찾은 어니스트 체 게바라,
어니스트 헤밍웨이와 함께
쿠바를 사랑한 사람들이다.

2019년 3월 22일

코히마르 바다

아바나 교외 2만평 대지의
헤밍웨이 저택

아프리카 사냥에서 잡은 맹수와
순한 짐승들의 박제가
함께 장식되어 있는
집안 구석구석이
그의 취향을 말해준다.

네 번째 부인이
쿠바에 기증하여
관광객들의 발길을 끄는 곳
뒤뜰에서 바라보는
야자수 두 그루 너머
멀리 펼쳐진 들판과
파란 하늘 위 흰 구름
카리브 해의 빛나는
섬 풍경이다.

"노인과 바다"의 배경이 된
하늘과 바다가 맞닿은
코히마르에 도착했다.

어촌 낚시 친구들이
배 스크루를 뜯어 모아
헤밍웨이의 흉상을
세워주었다는 곳

바다를 응시하고 있는
작가의 시선에서
인간은 파괴돼도
패배하지는 않는다는
산티아고 노인의
말이 떠오른다.

2019년 3월 22일

모히토와 올드 카

우리를 안내하는 청년 심 씨가
음료를 내고 싶다고
최신 호텔 만사나
옥상으로 안내했다.

아래로 아바나시가
한 눈에 보이는
전망 좋은 곳에서
드디어 모히토를 마셨다.

쿠바를 음미하는 시간
레모네이드의 싱그러운 맛
민트 이파리 향이 상쾌하다.

옥상 수영장에는
강렬한 태양을 즐기는 사람들
건물 아래 광장에는
손님을 기다리는 마차행렬

즐거운 오후를 보내기 위해
우리는 용기를 내서
오픈카를 선택했다.

1962년 식 올드 카
레드 쉐보레를 타고
말레콘을 달려서
아바나 바다를
가슴에 담는 순간들이
쏜살같이 휙휙 지나갔다.

2019년 3월 23일

사만다

거리를 걷다가
들어오라 손짓하는
예쁜 소녀를 따라
'21세기 클럽'이라는
카페 식당 계단을 올라갔다.

술병이 즐비한 바
한 쪽 벽면 아래
또 한명의 소녀가
우리를 반긴다.

길 쪽으로 트인
넓은 창가엔
늦은 아침식사를 하는
남자손님이 한 사람

깨끗하고 안락한 실내를
사진에 담으려
카메라를 여는 순간

바에 있던
소녀가 얼른 다가 와
우리 둘 사진을
찍어주겠다 한다.

"이름이?"
"사만다"
"그라시아스."

점심을 예약하며
홀로 연결된 뒤쪽 문을 미니,
벽면 가득 찬
말레콘 풍경을 담은 흑백사진이
시선을 끌어당긴다.

카운터의 주인 여자의 반색에
모두 한 덩어리가 되어
기념사진을 찍었다.
오랜 친구들처럼
팔짱을 끼고

꼭 사진을 보내주겠노라
사만다와 굳게 약속하고

두 시간 뒤
만족스러운 식사를 마치고
헤어져야 하는 시간
우연히 맺은 인연이
너무 아쉽고
돌연 강한 정으로 당기는 건
이국여행이 주는
감상 때문일까.

사만다도 나처럼
이 순간을 못내 아쉬워할까.
잠시 스쳐 지나갈 뿐일 텐데

언제 다시 볼는지 몰라도
사진 속 그 예쁜 소녀는
내 유일한
쿠바인 친구가 되었다.

2019년 3월 24일

바다와 나무

말레콘 해변,
그 바다의 풍경을 담아가려고
사진을 찍었다.

찍을 때
보지 못했던
가냘픈 나무 하나가
신비한 모습으로
카메라에 잡혔다.

그 나무는 내게 말한다.
"나를 기억해."

(넌 아니? 이제 너 없는
바다를 볼 수 없는 걸)

2019년 3월 25일

아디오스 아바나

아바나를 오래 기억하기 위해
말레콘 해변을 걸었다.

공항으로 향하는
우리를 배웅하는 이 부장은
중심에서 떨어진
외교대사들 저택지
미라마르로의 드라이브를 권했다.

북한대사관저도 있는
시가지와는 전혀 다른
산림이 울창한
신천지 같은 곳
외교관들을 이렇게
예우하는구나 생각하는데
"얼마 전 헌법개정을 했지요.
사유재산을 인정하더라도,
사회주의체제가
유지되는 범위 내에서란

단서를 달아서."

설명처럼 조금씩
변화를 수용하는가보다.

시내에서 멀어질수록
바다는 더 푸르러지고
바람에 흔들리는
야자수 위로
파란 하늘
흰 구름이 높다.

도착해서 떠나는 날까지
3, 4월의 쿠바 날씨가 청명하다.

언제 다시 볼 수 있을지 몰라도
쿠바를 보겠다는
소원은 이렇게 이루었다

아바나여
이제 안녕!

                                    2019년 3월 25일

멕시코시티에서

51년 만에 다시 보는 멕시코시티
눈부신 발전으로
옛 기억에 남은
장소는 보이지 않았다.

제이의 40년 지기 라나 회장이
몇 년을 두고 거듭 초청한 걸
벼르다 이제야
황혼기 상봉을
이루게 된 것이다.

우리를 안내하는 그레이스는
하루 종일 체증에 걸린
도시교통망을 설명하기 바쁘다.

아버지가 한국인인 그레이스는
재기 넘치는 회장의 오랜 비서
우릴 돌봐주는
손길이 각별하다.

26곳의 호텔과, 병원,
TV 방송국과 신문사를 경영하는
라나 회장이 촘촘히 짜 놓은
멕시코 3대 대학방문 일정을 듣고

유적지에서
과거를 보는 일은 어렵겠고
현재만 보다 가겠구나 생각하다
그레이스를 졸라
화가 프리다 칼로의 집을
다녀갈 시간을 겨우 벌었다.

2019년 3월 25일

프리다 칼로의 파란 집

멕시코가 사랑하는 여류화가
프리다 칼로의 파란 담장 집
방문객의 끝없는 줄서기로
아침부터 거리가 미어진다.

대형교통사고와 수술로
부스러진 온 몸을
퍼즐처럼 맞추고
침대에서, 휠체어에서
그림을 그린 여인

사랑과 배반의 고통을
안겨준 화가인 남편
디에고 리베라의 초상화를 지나
검은 눈썹 짙은
자화상

병상에서 홀로
거울을 보며

캔버스에 옮긴 그림들은
그의 길었던 고독을 말해준다.

악마의 형상이
매달린 복도에 서서
사방을 채운
작품들을 돌아보는데

유산의 고통과 슬픔이
스민 그림에는
세상의 빛을 보지 못한
아기가 눈을 감고 있다.

곳곳에 만들어놓은 세간도구와
일상 소품들 위에 빛나는
멕시코 토속풍의
진한 색채에 압도된다.

'다시는 돌아오지 않을 퇴장'이
되기를 바랐던
프리다의 생애 마지막 말이
아프게 떠오른다.

2019년 3월 26일

라나 회장

40년 넘은 세월의
깊어진 우정으로 맺은 형제
제이는 라나 회장을
형님이라 부른다.

사무실 벽면에는
그의 사격 인생과 가족, 그리고
멕시코 역사가
그림으로 줄지어
전시되어 있다.
제이는 아버지와 아들의
친밀한 초상화에,
나는 세월 따라 변해간
아름다운 그의 아내 모습에
관심이 깊다.

사무실과 이어진 건물은
사회사업의 중심 병원

100년 전 적십자 자원봉사자가
전쟁부상자를 치료하는
그림을 지나
조용한 방 한 곳은
환자가족들이 간절히 비는
가톨릭 기도실이다.

우리는 그의 저택에서
늦은 오찬과 함께
내내 식탁 대화를 나누다가
저녁에야 이마젠 TV방송실을
구경 갔는데
아-, 우리대학 로고와
캠퍼스 정경이 영상으로
돌아가고 있어 놀라고
즉석 인터뷰 요청에
한 번 더 놀랐다.

라나 회장의 깜짝 선물인
우리대학 홍보방송을
마다할 수도 없는
당황스럽고 난감한 상황

떠밀리다시피 여성 앵커와의
인터뷰에 응했다.

이 드라마를 만든 라나 회장은
무대에서 '위기의 순간'을 넘긴 우리를
환한 미소로 맞아주고는
거대한 방송사와 신문사가
함께 돌아가는
긴박한 현장으로
우리를 끌고 갔다.

밤늦도록 분주히 움직이는
방송인들과
컴퓨터 앞에 앉아 기사를 송고하는
신문기자들의
수많은 잔영이
오랫동안 가시지 않는다.

2019년 3월 26일

텔레비전에 출연한 다음 날

청명한 멕시코의 아침,
뷔페식당에 들어서는데
웨이터가 신문을 들고
반갑게 쫓아온다.

1면에 우리 사진이
21면에 TV 출연기사가 실렸다.

뉴스 미디어 효과는
빠르고 세다.

서비스도 어제보다
더 빈번하고
더 친절하다.

라나 회장의 손님으로
예우하던 때 보다
절로 신이 나서 거들어주는
그들의 호의에

우리도 덩달아 즐겁다.

호텔 경비팀장이 다가와
엊저녁 텔레비전 인터뷰
내용을 요약 설명해준다.
교육을 통해
두 나라가 교류하는
미래가 기대된다는
대담이 훌륭했다는
평가와 찬사까지

대학투어를 하는
밴에 오르자마자
그레이스에게
신문기사 통역을 재촉했다.

눈으로 스페인어를 읽으며
영어로 번역하는 내용을
그대로 녹음해서
본국 연구소로
메일을 보냈다.

거리와 시간의

한계를 뛰어넘는
미디어와 통신을 누리는
오늘의 삶이
새삼 경이롭다.

2019년 3월 27일

멕시코 대학 투어

라나 회장은
우리의 방문목적을
대학 교류에 두고
멕시코의 3개 대학
견학 일정을
촘촘히 짜 놓았다.

도심에서 떨어진
아나후악 사립대학을 시작으로
중심에 위치한 라 살르 대학,
그리고 우남국립대학까지
오찬을 겸한 라운딩으로
장시간 교감할 수 있도록 한
3일에 걸친 방문일정

아나후악 대학에서는
행정 중심 교수 열 둘,
미래 리더 교육 대표
학생 둘을 포함한

대규모 인솔 단을 따라
공학, 화학, 식품 실험실과
디자인실, 중국관 도서실까지
캠퍼스 전역을 걸어서 돌았다.

제이는 중국관에서
바둑판을 보고
지치지 않고
우리와 함께 걷는
라나 회장에게
잠시 쉬어가는 재미로
한 게임 도전했다.

라 살르 대학은
프랑스인이 세운
가톨릭 대학으로
세계 곳곳에
캠퍼스가 있다.

의과대학이 유명하여
의학 실습실을 참관하고
첨단 로봇 기계실을 거쳐
와인 맛을 판별하는

미식교실에서
진지한 학생들을 만났다.

오찬 대기실에서
처음으로 멕시코산
데킬라를 마셨다.
첫 술은 맛이 좋고
두 번째는 더 좋고
세 번째는 위험한 술이라고
누군가 경고했다.

데킬라 때문일까
오찬 내내 유쾌했다.

마지막 날
멀리 화산이 보이는
고지대에 위치한
우남국립대학을 방문했다.

1968년 열린 올림픽 경기장
가까운 곳에 있어서
스타디움 안으로 들어서는데
51년 전 한국선수단 단장이었던

아버지를 만나기 위해
미국유학 도중
처음 멕시코에 왔던
먼 날의 기억이
아련히 떠올랐다.
(제이와 내가 약혼식을 올렸던…)

국립대학에서는
영어를 하는 여학생과
한국어 공부를 시작한 남학생이
캠퍼스 안내를 맡았다.

아직 지진지대에 있는
본관 고층 건물은
신경이 쓰인다면서
대학 책임자들은
창 밖 멀리
화산 전경을 가리킨다.

유난히 맑고 푸른 날
늦은 오찬 내내
한쪽 구석에서
노신사가 홀로 기타를 쳤다.

언제일지 모를 어쩌면
일어나지 않을지도 모를
혹은 대재난 일지도 알 수 없는
미래에 대한 근심 속에
그저 오늘이 존재한다.

2019년 3월 28일

로댕 전시관의 만찬
- 카를로스 슬림의 초대

몇 년 전 포브스가 뽑은
세계 제일의 갑부
카를로스 슬림이
라나 회장과 함께
경남대를 방문했을 때

라나, 카를로스 그리고 제이는
의형제를 맺었다.
라나는 첫째
제이는 둘째
카를로스는 나이를 초월해
막내를 원했었다.

막내 동생이
멀리서 둘째 형이 왔다고
사별한 아내에게 헌정한
수마야 박물관에서
만찬을 준비했다.

카를로스 슬림 재단에서
관람객에게 무료 개방하는
박물관 층층마다
세계적으로 명성이 높은
작품들이 즐비하다.
건물 전체가
거대한 명작의 보고 같다.

계단 대신
언덕처럼 둥글게
돌아 올라가면
가장 높은 곳에 있는
로댕 조각 전시실

마치 삼형제를 상징하는 듯한
중앙에 세운
'세 남성' 동상 아래
원형 만찬 테이블이 놓였다.

로댕의 "지옥의 문" 위에
세워진 "세 망령" 동상인데
아담의 형상으로 빚어졌다고 한다.

"우리도 한때 저런
근육이 있었는데…"
제이가 동상을 올려다보며 말하자
아담의 후예들인
삼형제가
동시에 크게 웃었다.

천정이 높은
드넓은 둥근 홀의
수많은 조각품에 에워싸여
선물을 교환했다.

오래전 제이가 보낸
삼형제가 그려진
항아리가 담긴 상자를
긴 기다림의 끝에
이제야 열어 본 카를로스는
멕시코의 상징인
날렵한 독수리 조각을
제이에게 안겨주었다.

한국에서 만났던
12인의 멕시코 친구들과

우리 둘이 둘러앉은
원형테이블의 만찬은
밤이 깊어
새벽으로 이어져도
시간가는 줄 몰랐다.

                                                2019년 3월 28일

해골과 친해지기

멕시코 여기저기에서
해골 상품을 만날 수 있다.
박물관 기념품점이나
거리의 가게, 디자인 숍,
공항 면세점에 이르기까지

알록달록 채색된 해골은
유쾌한 모습이다.
두 눈이 퀭하니 구멍 뚫린
앙상한 뼈다귀 얼굴도
전혀 낯설지 않다.

해골을 지니고 있으면
악마가 건드리지
못한다고 한다.

해골을 부적처럼 지니고 다니는
죽음을 두려워하지 않는 나라

섬세하게 조각된
파란색 해골 팔찌를
박물관에서 샀다.
손목에 차고 있으면
해골과 친해질 것 같다.

17세기 영국
형이상학파 시인들이
책상에 해골을 두고
죽음을 기억하려 했던
메멘토 모리와는 달리

이곳 사람들은
옷과 생활용품 등에
다양한 모습으로
해골과 친하게 지낸다.

떠나기 전 공항에서
식구수대로
해골셔츠를 샀다.
디자이너의 고심이 담긴
표정과 색깔을 고르느라
한참을 걸렸다.

검은 바탕에
신비한 은빛을
발하는 해골이
내 시선을 빨아들였다.

2019년 3월 30일

아름다운 것은 영원한 기쁨

15년 만에 찾은 로스앤젤레스,
무엇을 먼저 할까
궁리 끝에
게티 센터로 향했다.

곽 소장과 미치가
소풍을 가듯 백팩을 메고
우리와 언덕을 오르는
기차를 탔다.

차창 밖으로 흐르는
산 풍경을 바라보는
어린이들을 배경으로
핸드폰 카메라로
사진을 찍었다.

뒤돌아보며 미소 짓는
미국 여아에게
사진을 찍어도

되느냐 물었다.
머리를 끄덕이는
소녀의 환한 얼굴이
눈부시게 아름다웠다.

명작들을 구경하는
게티 센터에서의 발걸음이
내내 가벼웠다.

"아름다운 것은 영원한 기쁨"

입장할 때 만난
길고 가느다란
그래서 고독해 보이는
자코메티 조각상 앞에서
마지막 사진을 찍고
그와 이별했다.

2019년 3월 31일

로데오 거리

로스앤젤레스의
걷기 좋은 거리
로데오

말끔하고 산뜻하게 단장한 듯
곳곳에 쉼터가 생겼다.

오랫동안 보지 못했던
수잔과 걷는 길이 새롭다.

거리는 무심한데
사람은 지난날이 애틋하다.

2019년 4월 1일

사라진 기록들

이른 아침 카카오톡으로 온
인터넷 뉴스를
거듭 클릭해도 열리지 않다가
무엇을 잘 못 눌렀는지
일순간에
내 카톡이 사라졌다.

몇 년 간 소통했던
사람들의 기록을 잃어버렸다.
황금장미 소년과의
교신도 날아가 버렸다.

플레이스토어에서
다시 카카오톡을 설치했으나
이전 기록은
모두 사라졌다.

가슴이 철렁,
마음속 자산을 잃어버린

허전함이 밀려왔다.

삶과 죽음의 차이처럼
되돌릴 수 없었다.

카카오 고객센터에
복구방법을 문의했다.
처음에는
가능하다 했으나
두 번째는
불가능하다고 했다.

아무리 통신기술이 발달했어도
한 순간의 오류를
고치는 길은 아직 없다.

네이버에
복구를 장담하는
수많은 사업처가 떠서
잠시 위안이 되기도 했으나
내겐 소용없는 일

한 가지 남은 길은

카톡 상대들에게
이전 기록을
캡처해서 보내달라고
요청하는 것이지만
그 또한 쉽지 않다.

그냥 허무한 현재를
받아들여야 한다.
뇌리 속에 담은
기억에 의지하기로 하고

왜 기록에
집착할까
보이지 않는 과거도
분명 있었던 일인데
꼭 문자로
남아 있어야 하나

심혈을 다한 마음이
거기에 있기 때문에
가끔 확인하고 싶은
생각이 들 때마다
명치끝이 시리다.

2019년 4월 2일

평화와 번영의 나무

15년 만에
제주 한림공원에 왔다.

2000년 9월 28일
제이가 북측 전 단장과
장관급회담을 마치고
기념식수를 한 곳이다.

남과 북의 소원을 담아
10년생 비자나무 한 그루를
"평화와 번영의 나무"로
평화의 섬 제주
한림공원에 심었다.

몇 년이 지나
손자 기표가
제주에 와서
공원을 구경하다가
할아버지의 기념비 곁에서

사진을 찍어
그날 감격의 흔적을
카톡으로 전송해 왔었다.

오늘 공원에서
나무의 위치를 찾아 헤매는데
동행한 이들과 만난
제복의 안내원이
기표의 사진을 보고
동굴 쪽 길가에서
나와 동시에
그 나무를 찾았다.

나무는 하늘을 향해
높이 뻗어가고 있는데
나무 아래
기념비에 새긴 글자가
비바람에 씻겨 희미해졌다.
(어떡해서든 복구해야지
속으로 다짐하는데)
일어, 영어, 중국어보다
한글이 더 손상되었으나
식목하는 이들의 사진은

여전히 생생하다.

제이는
남북회담 파트너였던
전 단장을
"미운 정 고운 정
다 든 사람"이라고 부른다.

2005년 평양에 갔을 때
비행기 트랩 아래
기다리고 서있던
전 단장을 기억한다.

"장군님께서
미운 정 고운 정 다든 사람이
보고 싶어 하니
잘 모시라"했다고

제이는 대동강가에서
자기를 불러줘서
정말 고맙다는 전단장과
오랫동안 정담을 나눴다.

회담 뒤편에 쌓인
세월의 정이 스민
제주 땅의 기념비

전 단장은 이제 가고 없어도
제이와 함께 심은
평화와 번영의 비자나무는
무궁하게 살아서

훗날 공원을 찾는
이들에게
평화를 향한 자취로
기억되기를 빈다.

2019년 5월 14일

라온의 추억

타이거 우즈가
오거스타 마스터스에서
'부활'한 날
구름 같은 갤러리 함성 속에
우리의 기쁨도 녹아 있었다.

2004년 11월 13일
그가 제주 라온에 왔던 날
함께 프로암 경기를 한
추억의 순간들을
잊은 적이 없기 때문이다.

우즈가 한 번에 그린에 올린 공을
홀컵에 넣어
이글을 만들었던
제이 못지않게
내 어깨에 손을 얹고
함께 사진을 찍은
그의 다정한 호의를

나 역시 기억하고 있다.

우리를 인도하는 이 부장에게
그 날의 행운을 설명하며
라온 골프장 잔디를
15년 만에 다시 밟았다.

그날
타이거 우즈와 제이가 기념식수한
제주의 상록교목 이름이
'먼나무'란다.

아직 꽃은 보이지 않지만
가을엔 붉은 열매가 달린다는
튼튼하게 하늘 높이
자란 나무 기둥 아래
돌 기념비가 놓여있다.

나무를 붙들고
여러 방향에서
우리 모습을
사진에 담았다.

클럽하우스 앞뜰
전경 좋은 곳에
자라고 있는 나무는
오랜 세월 후에 와도
찾아 헤매지 않을 곳에 서 있다.

우즈와 제이의 나무를
뒤돌아보니
추억의 그날
그 기쁨이
다시 살아난다.

2019년 5월 15일

빗나간 하루

내가 세상에 태어난 날 아침
친지의 부고를 받았다.
문상을 가기위해
검은 옷을 입었다.

비는 내리고
기다리는 소식은 안 오고
주변 일이 하나씩 둘씩
빗나가는 오늘은
운이 나쁜 날일까?

그래도 사무실에는
오늘을 축하하는 꽃들이
나를 반기고 있었다.

미신을 믿지는 않지만
길한 징조, 흉한 징조는
마음을 흔든다.

한 살 더 먹는 날이
이젠 거북하지만
그저 지나가기만을 기다린
하루였다.

            2019년 5월 27일

창밑에 핀 장미

5월의 마지막 날
사무실 창문을 열고
창 밑을 보았다.

활짝 핀
분홍 넝쿨 장미가
나와 눈을 맞추었다.

가슴에 전율이 일었다.
얼마나 오래 피어있었는데
이제야 본 걸까?

창밖을 볼 때면
푸른 나무들을 보느라
늘 위로 올려보았을 뿐
아래를 내려 본적이 없어서
담장에 걸쳐 피어있는
분홍 장미를
하마터면 놓칠 뻔했다.

방 안에는
며칠 전 동료가 보낸
빨간 장미 스무 송이가
화병에 꽂혀있다.

연한 향기를 내는
그 비누장미는
시들지 않는
영원한 장미다.

어느 날
창밖 분홍 넝쿨 장미들
꽃잎을 떨구고 가버린다 해도

날마다 내게
위안을 줄
빨간 장미를
깊은 숨 쉬고
보고 또 본다.

2019년 5월 31일

가출

살고 싶지 않은 세상을
탈출한 아이들이 있다.

12살 소녀가
10살 남동생을 데리고
새벽 4시에
집을 나왔다.

나한테로 간다는
쪽지 한 장
남기고

아이들의 용기가
무너지지 않도록

나는
좋은 세상을 만들어주는
어른이 되어야 한다.

2019년 6월 27일

DMZ 리얼리티 쇼

트럼프와 김정은의 만남이
판문점에서 성사될지 모른다는
CNN 뉴스가 떴다.

트럼프가 DMZ에서
김정은을 만나
악수하고 인사하고 싶다는
트위터를 띄웠다는 게
뉴욕 타임즈의 2분전 소식

우리 대학 교수에게
카톡을 보냈다.
뉴스를 보았지만
전문가들의 의견은
촘촘한 스케줄로 보나
아직 긍정적이지 않다고.

TV 쇼에 강한
트럼프가

평화 이미지를 만드는
절호의 기회를 포기할까?

김정은은
문 앞에 찾아온
미국 대통령을
민망하게 할 수 있을까?

케미가 맞는다는
두 사람이
득과 실을 계산할까?
세계의 이목을 끄는
역사적인 리얼리티 쇼

정보에 민감한
세상을 사는 사람들에게
'촉'이 작용할 때가 있다.

왠지
내일 DMZ에서
연출될 것 같은
거대한 역사적 리얼리티 쇼를
혼자 눈감고 그려본다.

2019년 6월 29일

촉

내 촉이 맞았다.
트럼프와 김정은이
DMZ에서 만났다.

TV는 하루종일
판문점 뉴스로 뒤덮였다.

부디 평화로 가는
길이었으면 좋겠다.

2019년 6월 30일

인내

냉장고 문 위에
새로 붙여진
십자형 종이 위에 그려진
그림과 글

상단에는
똑바로 서있는
소년의 머리위로
솟아오른
두 개의 붉은 뿔

하단에는
'인내'를 정의하고 있다.
'인내'란
'좋은 일이 일어날 때까지
불평 없이 참고
기다리는 것'이라고.

얼마 전
집을 나온
10세 소년의
각오인 듯하다.

10년 후
청년이 되어 있을
이 아이를 생각한다.

오늘 가슴속에 끓어오른
심정을 잘 견뎌
큰 상처 없이
지나간 날이 되기를
소년의 인내가
자신의 인생에
긍지가 되기를 빈다.

2019년 7월 7일

이 또한 지나가리라

첼로 곡 "자클린의 눈물"과
렌터 윌슨 스미스의 시를 엮은
유튜브 영상을 보았다.

"끝없이 힘든 일들이
네 감사의 노래를 멈추게 하고
기도하기에도 너무 지칠 때면…"
기억하라고
"이 또한 지나가리라."

어느 날 갑자기
헝클어진 내 삶에
위안을 준다.

두 사람의
간소한 상을 차리던
간편한 생활이
여러 사람의 음식을
준비해야하는

몇 십 년 전의 일상으로
되돌아갔다.

언제 끝날지
알 수 없는 나날
허겁지겁 시간에 쫓긴다.

왜 천천히
하지 못할까

무덤에 이르기 전
남은 시간들을
조금이라도 더 남겨서
해야 할 일들에
넘겨주려고?
사무실 업무시간을
더 늘리고 싶어서?

아무튼 나는
쾌속으로 움직인다.

빨리 걷고
신속히 장보고

상 차리고 치우는
매 순간
속도를 의식한다.

"이 또한 지나가리라"
믿으며
흐트러진
마음을 추스린다.

                                                 2019년 7월 15일

방

월요일부터 금요일까지
내가 출근하는 곳의
녹색 잔디정원
장미와 족두리꽃이
활짝 피어
날 맞이해준다.

꽃들과 눈인사 나누고
평화관 건물
2층 내 방에 들어서서
FM라디오 음악을 켜고
하루를 시작한다.

책장 맨 위 칸엔
빛나는 황금장미
탁자엔 붉은 장미가
나를 달래준다.

생의 황혼기에

한숨 쉬는 내게
불평하지 말라고

얼마나 안락한
방에서
날마다 일하고
있는 줄 모르냐고
이 방이
내 바다이고
내 하늘이라고

중국 출장에서 막 돌아온
안총장이
중국과자를 들고
방안으로 들어오셨다.

"맛이 있을는지 모르겠습니다."
"제가 과자를 참 좋아한답니다."

과자의 단맛이
인생을 달콤하게 했으면
얼마나 좋을까.

2019년 7월 22일

행복

점심을 먹고
아이들과
삼청공원을 산책했다.
공원 도서실에 들르면
흥미 있는 책을
만날 수 있을지 모른다 해서

앞장선 아이들이
이리 뛰고 저리 뛴다.
간간이 나뭇잎에서
떨어지는 빗방울을
맞고 소리 지른다

흥에 겨워 뜀박질하는
아이들에게서
생동감이 전해진다.

휴대전화 게임에만
골몰했던 아이들에게

숲속 자연이 싱그러웠나보다.

도서실에서는
학교숙제로
독후감을 써갈
책을 발견해서
만족해하고

제이가 사준
초코와 바닐라
아이스크림에 들떠
아이들 발걸음은
춤추듯 가볍다.

부모와 함께
살지 못하는
아이들에게
이 잠시의 즐거움이
행복한 기억으로 남기를…

2019년 7월 31일

생각나는 사람들

반세기 전
미국에 유학 가는 길
처음 발을 내디딘
하와이 공항에서
에어 스트라이크를 당했다.

본토로 가는
비행편이 언제일지
하염없이 줄을 서서
기다려야 하는
난감한 상황

그때 내 앞에 서 있던
미국인 중년 부부
로버트와 버니스 볼트 그리고
그들의 남매 아이들
12세 소년 데이비드와
10세 여동생 애나와 함께
이야기를 나눴다.

볼트네 가족은
프레스노의 자기 집으로
나를 초대했다.

최종 목적지인
동부 뉴저지로 가기 전에
서부를 구경시켜주고 싶다는
어찌 다 감사해야할지 모를
호의를 받아들여
그들과 한 달을 함께 했다.

거대한 나무들이 사는
요세미티파크
긴 다리와 언덕을 오르내리는
트램의 도시 샌프란시스코

볼트 가족이
내게 선물해준
미국 서부 풍경이었다.

데이비드, 애나와는
열 살이 넘는 나이 차이에도
친구처럼 매일 엉겨 놀았다.

음악을 틀고
탱고를 추며
내게 처음 스텝을
가르쳐준 아이들은
내 기억 속에 영원한
유년의 친구들로 남아
나이를 먹지 않는다.

종종 편지와 선물로
소식을 전하다가
결혼하고 나서 그만
인연의 줄을 놓쳐 버렸다.

볼트 부부는
세상을 떠났을지도 모르고

리듬에 맞춰
머리를 엇갈려
척척 탱고를 추던
남매의 모습은
아직 마음속에
동영상으로
생생히 남아있는데

오래된
흑백사진 속에 있는
그들을 보는 오늘
그토록 소중한
인연을 지속하지 못한
후회와 아쉬움이 밀려든다.
가슴이 먹먹해 진다.

                                                               2019년 8월 5일

멀리 가는 친구

자주 보지 못해도
평생 같이 간다고
마음 속 깊이
담아둔 친구가
먼 나라로 떠난다.

믿음을 권유하며
내게 열심히
성경을 가르쳤던
여고시절부터 내내
정신적 지주가 되었던
내 친구

이렇게 헤어질 줄 알았다면
더 오래 성경공부를
지속했을 것을

걸어온 날보다
끝나는 날이

더 가까워지는 즈음에

언제든 통화할 수 있는
전화기를 쥐고 있어도
허전하기만 할
남은 날들

            2019년 8월 14일

인식

갑상선 검진 받는 날
혈액검사를 하고
초음파 사진을 찍고
두 시간 정도 기다려야
검사결과가 나와
의사의 진단을 받게 된다.

기다리는 동안
미국의 사진작가
알프레드 스티글리츠의
이야기를 읽었다.

'40년 동안 사진에서
배운 걸 찾기 위해
구름을 찍었다'는 그는
자신이 찍은
모든 사진에
구름이 있었음을
나중에야 알았다고 한다.

"아주 좋습니다.
변화 없이 그대로 있어서
이젠 초음파 없이
1년 후 혈액검사만 합시다."

악성도 양성도 아닌
미세한 특이세포와
함께 가도 괜찮다는
의사의 말에 안도하며
문득 알프레드 스티글리츠가 찍은
연작 구름사진이 보고 싶어졌다.

확실히 알 수 없는 것과
함께 산다는 것

구름처럼
언제 변할지 몰라도
걱정하지 않는다.

2019년 8월 27일

옛 동료들

함께 일했던
동료들이 찾아오는
날은 가슴 설렌다.

하고 많은 직업 중에
어려움에 처한 이들을 돕는
적십자를 선택한 젊은이들을
올려다보지 않을 수 없다.

나는 불려가서
그들과 함께 했지만
스스로 찾은 일을 하는
그들이 특별해 보인다.

꽃밭에 나란히 서서
동료들과 함께 사진을 찍는다.

가을바람 불어
꽃이 지기 전에

손잡은 모습을
앨범에 담아
꽁꽁 얼어붙은 겨울에
꺼내 보고 싶다.

꿈에 날 보았다며
괜찮은지 안부를 묻는
동료의 전화에
"일 저지른 거 없는데"라고
고마움을 농으로 답했다.

그제는 홍보대사가 주연인
연극 "미저리"에 초대받아
팀원들과 공포 연극을 관람하고
무대 뒤에서
주인공을 만나는
즐거움을 나눴다.

가정에 뜻밖에 위기를 만나
시골로 갈 수밖에 없다는
동료가 잠시 이별을
고하려 왔는데

경우는 다르지만,
우리 집에도
피신해 와 있는
아이들이 있노라고
함께 고통을
인내하자고 했다.

방바닥에 엎드려
휴대전화 게임에만
몰입해 있는
아이들에게
제발 좋은 습관을 길러
장차 좋은 신사 숙녀가 되라
이른다고.

그는 새집 지어서
꼭 부르겠다며
웃으며 떠났다.

사무실에 앉아
책장 위에 놓인
황금장미를 올려다보고
이어 낮은 탁자에 놓인

붉은 장미를 바라보며

늘 기쁨과 영감을 주는
나의 동료들을 생각한다.
젊은 그들과 세상을
탐구해 가는 시간이 즐겁다.

                                                          2019년 9월 6일

기념식 전야 만찬

내일이면
북한대학원대학교 30주년,
그 모태가 된
경남대 극동문제연구소 47주년,
영문학술지 AP 창간 42주년을 맞는다.

제이가
심혈을 기울여 고안하고
평생을 바쳐 발전시켜온
역사들이다

기념학술회의에 참석하기 위해
멀리서 온
AP 편집장 미국 존스홉킨스대
칼라 프리만 교수,
일본 게이오대 마사오 오코노기 교수,
중국 북경대 김경일 교수,
러시아 과학아카데미 극동연구소
알렉산더 제빈 소장을

환영만찬에 초대했다.
안총장, 이소장, 이대사, 강장관, 딘이
우리와 함께 했다.

젊은 날 꿈꾸고 도전했고
그 길을 평생 고행했으나
제이는
마음 깊이
긍지를 심었다.

그가
학자들에게 질문을 던진다.

"북한이 핵을 포기할 것인가?"

의견은 회의적이다.
미래는 모르는 일.

4강의 팽팽한 힘이 미치는
한반도에
그 힘의 균형이
깨지지 않도록
조심해야한다고

일깨우는 저녁이다.

2019년 9월 22일

축사

가벼운 바람 스쳐 지나가는
가을하늘 푸르른 날
고층 건물에 에워싸인
기념식장 3층 옥외 테라스에
정장을 한
축하객들이 몰려온다.

서쪽으로 기우는
눈부신 저녁 햇살에
등 돌리고
난간에 기대선 사람들과
도시풍경이 이채롭다.

빌딩 숲을
바라보는 이들이
이렇게 좋은 날을
받은 걸 감탄하며
한결같이 우리를 축하한다.

"북한이 아니라 북괴로 부르던 시절
1970년대,
북한학을 시작한 사람"
그 용기를 축사에 담고
정치학자들이 모이면
갈등하다 끝나는데
"개방적이고 포용적이었던 것"이
이 기관의 성공요인이라고
짚어준다.

같은 민족인 우리가
북한사람을 가장 잘
파악할 수 있다는 신념이
북한연구에 자신감을 주었다고
제이는 말한다.

그래서
"세계에서 북한학은
우리가 으뜸이 될 수 있다"는 말로
축사가 마무리되었다.

어떻게 이렇게 끈질기게
한 길을 걸을 수 있냐고

묻는 이들에게
낮은 소리로
내가 대신 답했다.
"아마 이 일을 위해서
태어난 것 같다"고

            2019년 9월 23일

판문점 공동경비구역

국제학술회의를
마치는 일정으로
판문점을 견학했다.

경계선이 그어져있어
선을 넘지 못하고
그저 북쪽을
바라볼 수만 있는 곳

쾌청한 날씨 덕분에
인공기와 태극기로
분리된 마을들이
시야에 잘 들어온다.

총을 차고
미동도 없이 서있는
경비병들을 보는 것 보다
무기 없이
규율로 긴장된

모습을 보는 것이
조금 더 마음 편하다.

평화벨트의 상징으로
조성되었던
개성공단이 문 닫힌 채
멀리 보인다.

판문점을 사이에 둔
북쪽 기정동 마을 사람들
소식은 알 수 없고,
남쪽 대성동 초등학교에는
훌륭한 교사들이
교육열을 높여주었다고 한다.

전에 보지 못했던
파란색 도보다리를
건너며 생각한다.

이 장소를
방문하는 이들에게
언제 끝날지
알 수 없는 분단을

얼마나 더 오랫동안
설명해야 할는지.

2019년 9월 24일

사진

우리 대학에서
국가 행사를 치른 날
전문사진사가
사진 한 장을 남기고 갔다.

주요 인물 두 사람이
햇빛 쏟아지는
흰 돌계단 위에서

양손악수를 나누는데
얼굴에 가득 번진
반가움의 환한 미소가
사진에 담겨있다.

그 정겨운 표정이
바라보는 이의 눈가에도
웃음의 물결이
일게 한다.

2019년 10월 18일

아이들의 교실에서

학부모 참관 수업 날
출근길을 돌려
아이들 교실을 찾았다.

원어민의 영어교실에서
대답을 잘 하는
영이를 보고 마음이 놓인다.

자신은 염려 말고
동생한테 가보라는
말에 떼밀려
동생 교실에 가니
찬이가 쓴 글이
벽에 걸려 있다.

여행 다녀 온 이야기 속에
맛난 음식들을
줄줄이 소개한
문장이 맛깔 난다.

친구라고 먼저 다가 선
눈이 고운 아이가
"쟤 달리기가 진짜 빨라요"라고
해맑게 일러준다.
"고맙다"고 답하며
가볍게 머리를
쓰다듬어주었다.

다시 누나 교실에 가니
팀을 짜서
영상발표를 하는 시간이다.

영이는 "칭찬 뉴스"를
마지막 팀은
부모님께 드리는
"영상편지"를 마련했다.

영상 속 아이들은 하나같이
칭찬을 들으면 기쁘다고 하고
엄마, 아빠한테는
잘못 한 게 너무 많아서
죄송하다고 눈물 흘리고
(연기인지 몰라도)

마지막엔
사랑한다고 말을 맺었다.

엄마를 떠난 아이들이지만
건강한 공동생활을
배우고 있어
걱정 안 해도 될 것 같은
청명한 가을날이다.

2019년 10월 30일

크리스마스트리

아이들이
크리스마스트리를
세우고 싶다 했다.

독립해서 살 때까지
기다리라 했다.
지나고 나면 짐이 되고
창고도 없다고

실망한 아이들 보는 게
마음 아파서
제이와 함께
코엑스 몰에 가서
트리를 사들고
먼 길을 걸어 왔다.

제이가 조립해서 불을 켜고
아이들은 신나서
장식 볼들을 달았다.

불을 *끄고*
반짝이는 트리 아래
활짝 웃는 아이들의
사진을 찍어 주었다.

하마터면 아이들의
크리스마스를 놓칠 뻔 했다.

2019년 12월 8일

하춘화 특별공연

1600여 객석이 가득 찬
창원 성산아트홀 무대
찬란한 불빛 가운데로

하춘화가
댄스 팀과 나란히 춤추며
우산 속에서
"마산항엔 비가 내린다"를 부른다

"제가 경남대 나온 거 다 아시죠?"

"우리 네 자매의 멘토이신
경남대 박재규 총장께
마산을 부를 노래가
필요하지 않을까요?"라고 물었더니
"지금이 적기라고 호응하셔서
이 노래가 탄생했어요"라고
노래의 유래를 설명한다.

이어 이호섭 작곡가가 열창한
"마산항"의 남자 버전이
남성 청중을 열광시킨다.

여섯 살부터
노래를 시작해서
58년을 이어 온
오늘의 무대는
여러 음악장르를 아우른
대형 콘서트

클래식에서 팝까지
그리고 5년을 연습했다는
오페라와 탭댄스로
청중을 매료시킨다.

"청춘을 돌려다오~"
전속력으로 무대 양쪽을 달리며
노래를 고조시키는
모습이 압권이다.

국민가수의 예술인생에
큰 그늘이 되어준 제이가

뜨겁게 박수를 친다.
옆에 앉은 나도
함께 갈채를 보낸다.

2019년 12월 14일

인생이 아름다운 순간

음악을 들을 때면
잠시 근심 걱정이 물러선다.

그냥 슬픔이 밀려들 때
청각에 닿는 음률이
가슴을 저려 오면
살아있으므로
아름다운 순간이라 느낀다.

나와 이름 머리글자가 같은
그림 그리는 친구 SH는
"글은 표현이 직접적이라
그림보다 어렵다"고 말한다.

음악은
글과 그림 사이
어디쯤에 있을까

SH는 특별한 친구다.

파리나 뉴욕 혹은
순례 길에서도
생각 날 때면
불현듯 전화를 걸어와
믿음을 잃지 말라고
인식의 순간을
마련해준다.

지난 세월의 잔재와 싸우느라
자꾸만 얕아지는
그 믿음

음악을 들으며
깊어지는 순간을
맞이하고 싶다.

2020년 1월 6일

스승의 세례식

스승으로 가슴에 품었던
신 선생님이
강남 요양병원에 누워계신다.

평생 종교와는
거리를 두고 사셨다고
생각했는데

가톨릭 세례를 승낙하셨다고
클라라 교우가
신부님을 모셔왔다.

세례명은 수잔나

제자들 6명과
오랜 친구 이 선생님이
손 모아 기도하는데

들릴락 말락한 소리로

수잔나가 신부님께
"고맙습니다"라고 인사한다.

그 자리에 모인
3명의 마리아와, 클라라
그리고 수잔나가
성녀들의 세상에서
다시 만날 수 있을까 하는
상상이
'형편없는 믿음'을 가진
내게 떠오른다.

세례식을 마치고
병실을 나서다 돌아서서
물끄러미 바라보는
침상의 스승을 향해
두 손을 들어 흔들었다.

선생님도
한 팔을 저어
답하셨다.

"선생님,

저세상에서
수잔나와 마리아로
다시 만나고 싶습니다."

                                                        2020년 1월 15일

장미의 이름

천 송이 장미가
거대한 공처럼
받침대위에 올려져
동경 제국호텔 로비 중앙에서
빛나고 있다.

그 곁에서
'가나에 아줌마'의 작가
후카자와 우시오와
번역가 김민정을 만났다.

재일교포 후예들의
애환을 그린 소설 속에
북한에 간 아들의 생사를 몰라
애타하는 이야기가 있는데

제이가
그 소설의 서문을 쓰면서
인연이 맺어졌다.

후카자와는 맑고 상냥하고
민정은 미소가 천진하다.

오찬 내내
현재와 미래에 관한 설계로
첫 만남이 넘치게 이어졌다.

헤어지기 전
찬란한 장미기둥 앞에서
제이가 사진을 찍자고 했다.
천 송이 장미를
바칠 수는 없어도

우리 모두가
장미의 이름으로
기억되기를 바라면서

2020년 1월 19일

즐거운 하루

봉준호 감독의 "기생충"이
오스카상을 수상한 날

제이는 중앙승가대학에서
명예박사학위를 받았다.

지난여름
"기생충"을 보러가려던 날
아이들이 집을 나와
내게로 오면서
그만 영화를 놓쳐버렸다.

겹경사를 보는 오늘
잠시 즐거운 생각에 잠긴다.

"영화를 보고
영화 만드는 일만"했다는
봉 감독의 일상이 너무 부럽다.

제이도 대학과
남북관계에 몰두했다.
그사이
스님들과도
친밀하게 지냈다.

철두철미하게 몰입한
사람들에게 주어지는
기쁜 날

통역을 맡은 샤론 최의
언어의 마법은 놀랍다.

이제 그 영화를
보러가는 일만 남았다.

2020년 2월 10일

반짇고리

아주 오래전
사고뭉치 아들을
뒷바라지하느라 허리가 휜
도우미 아줌마가
내 반짇고리를 들여다보며
한숨지었다.

"아줌마, 반짇고리 없어요?"
"우리네 지지한 인생에
무슨 반짇고리가 있을라구요."

슬픔 섞인 그 운율의 언어가
오래도록 가슴에 남아
내가 운문으로 일기를 쓰는
연유가 되었다.

2020년 3월 24일

하우저의 "홀로, 함께"

코로나 최전선에서
목숨을 구하기 위해 싸우는
의료인들과 봉사자들에게 헌정한
하우저의 첼로 연주영상

유튜브 예약을 하고
일주일을 기다려서 본다.

크로아티아의 풀라 노천 원형경기장
수만의 관중 앞에 섰던
2첼로즈의 하우저가
텅 빈 마당에
홀로 앉아
첼로를 켠다.

현장의 관중은 없지만
집에서 보고 듣는
나는 그와 함께 있다.

가슴 깊이 내려가는
첼로 소리

빠르게 공중을 날아가는
새들의 그림자가
넓은 경기장 바닥을 굴러가듯
하우저 곁을 스친다.

코로나 이전과 이후의
세상을 연주하는
첼로

혼자 있어도
함께 할 수 있게
묶어주는
음악의 힘에
기대어 본 순간이다.

2020년 4월 28일

아들의 꽃

아들이 꽃을 가져왔다
세 송이 붉은 카네이션과
한 송이 황금장미를 묶은
생화 같은 조화

(꽃은 다 좋아요.
그런데 이젠
생명 없는 조화를
사랑하게 되었어요.
그 꽃들은
죽지 않으니까요.)

2020년 5월 8일

익명의 얼굴

코로나 마스크를 쓰고
짙은 색안경을 끼면
익명의 얼굴이 된다.

답답하지만
가면무도회에 가듯
집을 나선다.

2020년 5월 18일

꽃

꽃으로 말하던
소년이 떠났다.

이제부터 홀로
황량한 사막을
건너야하는데

사랑이 그친 날

떨어지지 않는
꽃들만
흔적으로 남았다.

                        2020년 5월 29일

6월의 하루

성경을 읽어야하는 시간

한 사피엔스가
다른 사피엔스에게 사인한
유발 하라리의 책을 읽다가
인류의 진화에 대한
혼란을 생각한다.

성호를 긋는
신부를 보면
엄숙해지고
합장을 하는
승려를 보면
자비로워진다.

절실한 순간에는
혼자 기도하게 되는데

장미가
정원에서
담장에서
절정이다.

                              2020년 6월 3일

런던서 온 소식

핸드폰 앨범에
사진 콜라주 작업을 하는데
런던에 간 친구가
보이스톡을 울린다.

갇혀 지내냐고 물으니
전면마스크를 쓰고
공원을 산책하기도 한단다.

가면무도회에 가듯
공원을 걸으라는 내 말에
웃음소리 들린다.

아이들이 보고 싶어도
참고 기다린다고
노인들이 코로나에 걸리면
십중팔구는 죽는단다.

한국은 질병관리 모범국가라는

방송을 늘 듣고 있다며
책을 쓰고 있냐고 묻는다.

"네 책을 읽으면
네가 연주하는 걸
보는 것 같아."

연주?
운문이라서?

노래 소리가 나는
글을 쓰고 싶은
내 마음을 들여다 본 것 같다.

                                                2020년 6월 5일

장마 중의 탁구

하늘이 무너져 내리듯
비가 쏟아진다.

'하늘위의 아마존 강'
같은 대기천이 자리잡고 있어
장마가 길어지고
폭우가 내린다고 한다.

코로나에, 장마에
집중호우까지

산책을 나갈 수 없어
연구소 지하실에서
탁구를 친다.

이기사가
상대해준 덕에
날마다 실력이 는다.
지지부진한 날들은

나사 풀린 듯
무기력한데

공을 치는
약간의 긴장과
집중이 즐겁다.

나의 시간과 놀이가
공 하나에
매달려있는 순간

빨리 더 빨리
프레스토 프레스토

공격을 성공할 때까지
공을 놓치지 말아야지.
축축한 공기에
어느새 탄력이 생긴다.

2020년 8월 5일

잊을 수 없는 이름

북쪽 정주에서부터
남쪽 부산을 향해
아버지, 엄마, 그리고
어린 내가
걷고 또 걸었다.

사방 텅 빈 들판
가운데로 쭉 뻗은
신작로를 따라 걷는데

멀리서 점으로
보이던 사람이
점점 가까워졌다.

작은 등짐을 지고
지팡이에 의지한
다리가 좀 불편해 보이는
잘생긴 젊은 아저씨
인민군 대위

유 근 대

우린 들녘
어느 헛간에서
잠시 쉬어 가기로 했다.

배고파 지쳐있는 내게
그는 자신이 가진
건빵을 몽땅 주었다.

조금 남겨 가라고
아무리 사양해도

어린애가 배고픔을
잠시라도 잊을 수 있으면
그것으로 된다고 고집하며
한사코 남은 식량 모두를 주었다.

남쪽에서 약혼자와 이별하고
모스크바로 가려한다고 했다.

우린 그가 떠나 온
남쪽으로 가는데

그는 우리가 떠나온
북쪽을 향해 갔다.

태어나 가장 배고팠던
순간에 만난
그를 잊을 수 없다.

목적지까지 가서
그는 남은 생을 살았을까?
아니면
젊은 채로 산화해서
하늘의 별이 되었을까?

6 · 25 전쟁이
내게 남겨준 의문이다.

2020년 8월 6일

꽃들은 힘이 세다.

북한대학원대학교
학위수여식 날

검은 가운과 사각모에
마스크를 쓴
석사, 박사들이
강당에서
잔디꽃밭으로 나와
가족들과 만난다.

거리두기 때문에
밖에서 영상으로
졸업식을 봐야했던
사람들이
꽃밭에서 그들을 반긴다.

꽃들과 어울려
좋은 순간을
사진으로 포착하고

웃으며 흩어진다.

장마 끝에
뜨거운 해가 뜬 한낮

얼마나 흔들렸을까.
거센 비바람에
끝내 굽지 않고 선
키 큰 족두리 꽃들

꽃들은 정말 힘이 세다.

2020년 8월 18일

바람이 부네요.

재즈대모 성연이
세상을 떠났다.

육체의 고통이
멈춘 날

바람을 노래하는
그 목소리
"바람이 부네요."

친구는 소원대로
음악으로 기억되리라.

2020년 8월 25일

남은 날들

가을이 지나가며
바람소리를 낸다.
"두려워마라, 두려워마라."

간절히 바라는 마음으로
믿음의 황금장미를 찾아서
가던 길을 마저 가려한다.

2020년 11월 29일